# ¿PUEDES BOSTEZAR COMO UN CACHORRITO?

**MONICA SWEENEY**

Con la psicóloga especialista en trastornos del sueño infantil
**LAUREN YELVINGTON**

Ilustraciones de **LAURA WATKINS**

Uranito

Argentina • Chile • Colombia • España
Estados Unidos • México • Perú • Uruguay • Venezuela

Título original: *Can You Yawn Like a Fawn?*
Editor original: St. Martin's Castle Point, New York

Traducción: Laura Vaqué Sugrañes

1ª edición Junio 2017

Cubierta y diseño interior por Claire MacMaster, barefoot art graphic design

ISBN: 978-84-16773-32-9
E-ISBN: 978-84-16990-38-2
Depósito legal: B-6.782-2017

Fotocomposición: Ediciones Urano, S.A.U.

Impreso por: Gráficas Estella, S.A.
Carretera de Estella a Tafalla, km 2 – 31200 Estella (Navarra)

Impreso en España – *Printed in Spain*

# ¿PUEDES BOSTEZAR COMO UN CACHORRITO?

# El Método para Ayudar a Dormir a Tu Hijo

¡Imagina un cuento que realmente pueda ayudar a tu hijo a tranquilizarse y relajar el cuerpo para que pueda conciliar el sueño con más facilidad! *¿Puedes bostezar como un cachorrito?* está ideado para ayudar a los padres a organizar el, a veces complejo, proceso de conciliación del sueño. Al tiempo que tu pequeño está inmerso en las ilustraciones y en la historia, tu irás reconociendo las estrategias clínicas que el texto despliega. La repetición de frases clave, el lenguaje relajante y sugestivo, y la estimulación de acciones propias del momento de acostarse, como estirarse y bostezar, ayudan a que el pequeño se relaje para que se duerma.

Leerles cuentos a nuestros hijos debería ser una forma magnífica de crear vínculos con ellos mientras nos acurrucamos antes de acostarlos. Pero también es una señal inequívoca que anuncia la cercanía del momento de dormir. Prepara el ambiente para este momento una hora antes. Al disponerte a poner en práctica los consejos de *¿Puedes bostezar como un cachorrito?* a la hora de acostar a tu hijo, evalúa los pasos de la rutina e implementa una secuencia similar a la que sigue.

## La secuencia que favorece conciliar el sueño

» Apaga los aparatos electrónicos para reducir la estimulación visual y permitir un incremento de la melatonina, la ayuda natural del cuerpo para dormir.

» Baña a tu hijo.

» Ponle el pijama.

» Echa las cortinas.

» Atenúa la luz.

Ahora que has completado los pasos de la primera parte de una rutina saludable para que tu hijo concilie el sueño, acurrúcate y bosteza junto con los personajes soñolientos de *¿Puedes bostezar como un cachorrito?* Las palabras destacadas en negrita están asociadas a una acción que induce el sueño que debes realizar con tu hijo. Pronuncia las palabras «bostezar» o «bostezo», que están en cursiva, con un tono relajante. Utiliza el nombre de tu hijo en la historia al preguntarle si puede bostezar como los soñolientos personajes de las ilustraciones. Conforme la historia avanza y lees serena y lentamente, el pequeño experimentará los sugestivos efectos del bostezo de cada uno de los animales y se preparará para dormir con acciones como estirarse y ponerse cómodo. *¿Puedes bostezar como un cachorrito?* hará que la lectura de la hora de acostarse sea una experiencia placentera y positiva para lograr que tu hijo concilie el sueño.

*—Lauren Yelvington, psicóloga especialista en trastornos del sueño infantil*

En cada rincón del mundo,
todos los animalitos
se disponen a dormir.

Allí abajo, en el Polo Sur,
el bebé pingüino se desliza en el hielo,
y con sus patitas de pingüino
patina hasta la cama.
Allí se deja caer, **relaja** las alas
y ***bosteza*** un friolento bostezo.

¿Puedes ***bostezar*** como un bebé pingüino?

En las tierras de Australia,
el pequeño canguro salta y salta,
hasta entrar en la bolsa de su mamá *¡puf!*
Se **acurruca** en su cama
y *bosteza* un feliz bostezo.

¿Puedes *bostezar* como un cangurito?

En la pradera, el ratoncito
corretea hasta su pequeña madriguera.
**Apoya** su cabecita adormecida,
y después de un breve chillido
*bosteza* un bostezo chiquitito.

¿Puedes *bostezar* como un ratoncito?

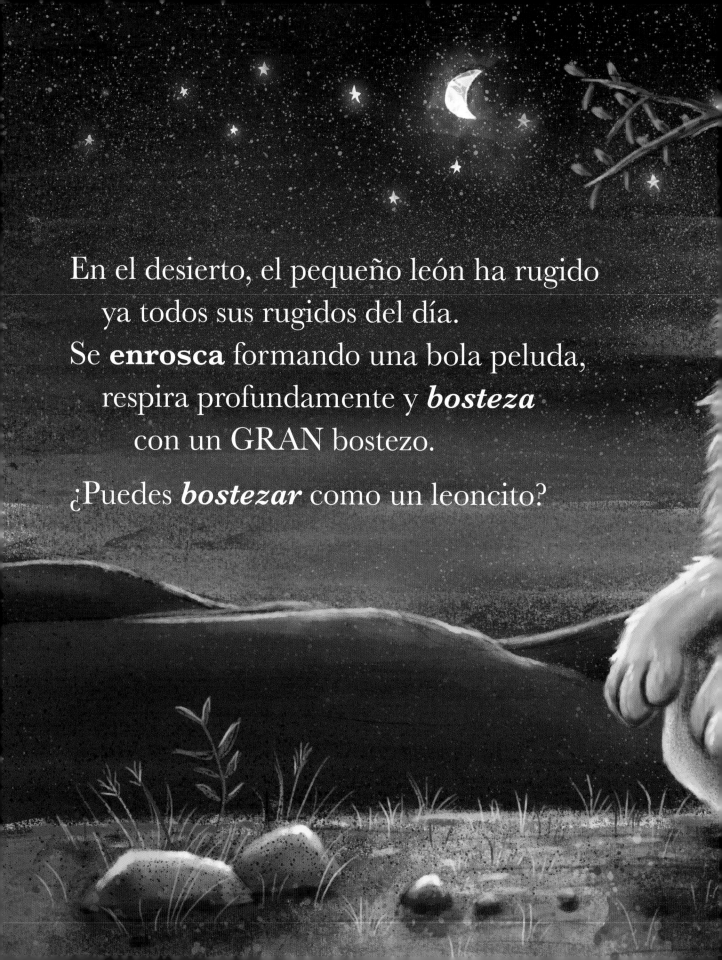

En el desierto, el pequeño león ha rugido
ya todos sus rugidos del día.
Se **enrosca** formando una bola peluda,
respira profundamente y *bosteza*
con un GRAN bostezo.

¿Puedes *bostezar* como un leoncito?

En el estanque,
   el patito nada chapoteando
      hasta la orilla, plis-plas.
Se **acomoda** en su nido
   y *bosteza* un bostezo con un ¡cuac!

¿Puedes *bostezar* como un patito?

En el gran y amplio río,
el feliz hipopótamo se siente muy cansado.
Cuando se **relaja** en la hierba,
abre su boca tanto como puede
y *bosteza* un silencioso y lento bostezo.

¿Puedes *bostezar* como un
pequeño hipopótamo?

En los bosques,
el peludo cervatillo se prepara
para echar un sueñecito.
Da un golpecito con su cola y, arrugando
la naricita, se **acurruca** en la hierba
y *bosteza* un dulce bostezo.
¿Puedes *bostezar* como un cervatillo?

Entre las cañas verdes,
el panda mastica
adormilado su bambú.
Se **recuesta** entre las ramas
y *bosteza* con un suave
ronquido.

¿Puedes *bostezar* como
un osito panda?

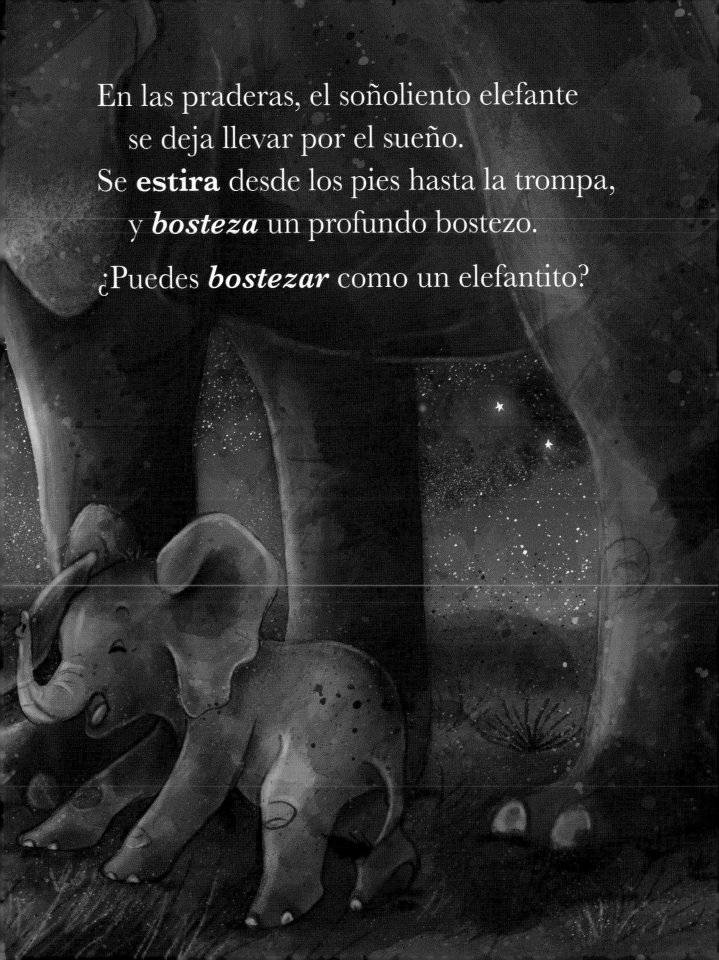

En las praderas, el soñoliento elefante
se deja llevar por el sueño.
Se **estira** desde los pies hasta la trompa,
y *bosteza* un profundo bostezo.

¿Puedes *bostezar* como un elefantito?

En la granja, bajo las estrellas,
al mullido corderito se le cierran los ojos.

Se **arrima** a su madre,
y *bosteza* un bostezo chiquitín.

¿Puedes *bostezar* como un corderito?

Bajo la luna,
   el tierno gatito **respira** lentamente.
Acurrucado junto a su mamá,
   *bosteza* un bostezo ronroneando.

¿Puedes *bostezar* como un gatito?

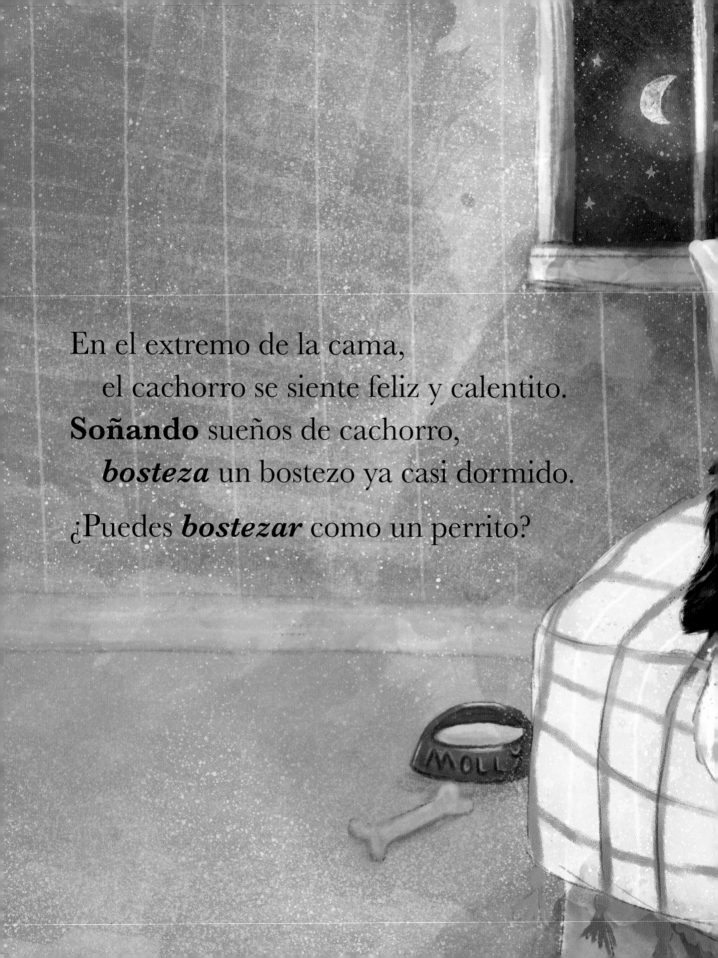

En el extremo de la cama,
    el cachorro se siente feliz y calentito.
**Soñando** sueños de cachorro,
    *bosteza* un bostezo ya casi dormido.

¿Puedes *bostezar* como un perrito?

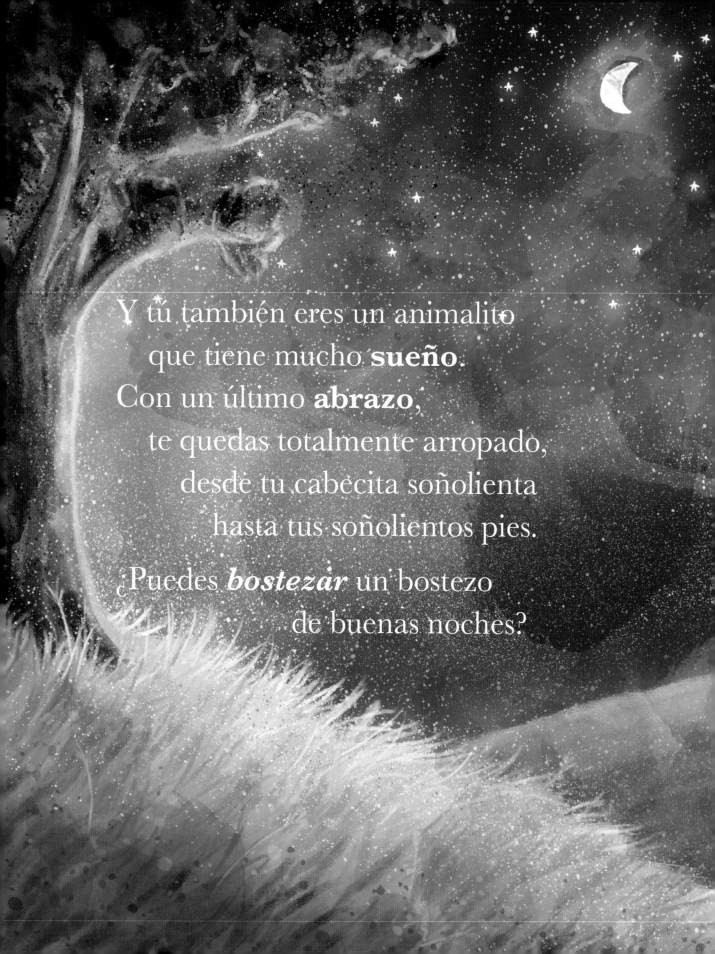

Y tú también eres un animalito
que tiene mucho **sueño**.
Con un último **abrazo**,
te quedas totalmente arropado,
desde tu cabecita soñolienta
hasta tus soñolientos pies.

¿Puedes *bostezar* un bostezo
de buenas noches?